손길로 빚어
마음에 심다

윤무중 제2시집

시음사
시사랑음악사랑

시인의 말

그동안 내 뇌리에 潛在的으로 남겨진 그때 그 殘影들, 남겨진 것들을 모아 글을 쓰고 싶었다. 지금까지 내 생애 발자국을 더듬노라면 내가 살아왔던 어설픈 날들이 부끄럽고 또 하찮은 것들로 내 발목을 잡았지만, 그래도 그때마다 진실하게 살아오면서 발자국이라도 남기를 바라는 마음으로 글을 써왔다. 삶의 뒤안길에서 비치는 것들을 소중하게 생각한다면 나 자신을 알고 있으니 부끄러울 것도 창피할 것도 없으련만 그래도 산다는 것이 무엇인지 보여줘야 하지 않겠는가, 틈틈이 썼던 글을 書齋에 올리고 책을 내 독자에게 전하며 詩 朗誦을 통하여 詩의 의미를 倍加하여 讀者의 共感을 기다릴 수 있어 기쁘다.

시(詩)는 일상
보고 느끼고 듣고 맛볼 수 있는 이미지 은유 상징으로
비 온 후 하늘에 그려진 무지개처럼
아름다운 꽃에서 뿜어 나온 향기처럼
온화하고 드라마틱한 시어를 만드는 진실의 그림자다

시(詩)는 분명
다양하고 뚜렷한 총체적 진실이며
함축된 표현으로 표출된 순박한 마음으로 나타난다.
또 감정적 진실에 순수성의 솔직한 멜로디라 할 것이다
(-詩는 그림자 2"에서-)

나는 시 쓰는 일은 對象의 그림자와 만나는 일이라 생각한다.
즉, 모든 사물의 빛에 따라 그림자로 그 事物에 대한 詩想이
표출된다고 할 수 있다. 그래서 '詩는 眞實의 그림자'라 하여
도 되지 않을까.

나의 제1 시집 "사랑한 만큼 꽃은 피는가"도 내 주변에 존재하
는 사물에서 보고, 느끼던 일들을 표현해 놓은 것이다. 나는 언
제나 주변에 있는 사물에서 비친 그림자를 생각하고 그 모습에
서 떨어진 채 바람에 날리는 깃털을 하나씩 주워 꿰매듯 시를
쓴다. 금번 제2 시집 "손길로 빚어 마음에 심다"로 한층 홀가분
한 마음으로 싯(詩) 길을 가고 싶을 뿐이다.

2020년 5월
시인 尹茂重

♡ 제1부 사랑은 기다림과 함께 ♡

♡ 제2부 자연의 섭리에 취하다 ♡

♡ 제3부 손길로 빚어 마음에 심다 ♡

♡ 제4부 순수한 그리움 찾아서 ♡

♡ 제5부 세월 따라 마음을 잇다 ♡

본문
시낭송
감상하기

QR 코드) 스마트폰으로 QR 코드를 스캔하면
시낭송을 감상할 수 있습니다.

 제목 : 사랑은 기로(崎路)인가요
시낭송 : 박태임

 제목 : 사랑의 편지
시낭송 : 박영애

 제목 : 당신은 백장미
시낭송 : 박영애

제목 : 나는 왜
시낭송 : 박영애

 제목 : 진달래꽃
시낭송 : 최명자

 제목 : 민들레 소식
시낭송 : 김지원

 제목 : 한설(寒雪)
시낭송 : 박태임

 제목 : 해안선(海岸線)
시낭송 : 박순애

 제목 : 마지막 별빛
시낭송 : 박영애

 제목 : 손길
시낭송 : 박영애

 제목 : 내 마음속 울림
시낭송 : 최명자

 제목 : 외롭게 가는 길
시낭송 : 박태임

 제목 : 하자보수(瑕疵補修)
시낭송 : 박영애

제목 : 고맙습니다
시낭송 : 박순애

 제목 : 사람 노릇 해봅시다
시낭송 : 박영애

 제목 : 봄꽃(春花) 편지
시낭송 : 박영애

 제목 : 고향에 남은 빈터
시낭송 : 박순애

 제목 : 아름다운 삶을 위한 기도
시낭송 : 박영애

 제목 : 섭리(攝理)
시낭송 : 박태임

시인은 자연을 이야기하고 시낭송가는 자연을 품었다.
글자는 날개를 달아 언어로 날고 소리는 자연에 눕는다.

♣ 제1부 사랑은 기다림과 함께 ♣

이팝나무꽃

하얀 새 무리 지어 날아와
조잘조잘
밤새워 내린 함박눈 쌓여
서걱서걱
파란 하늘 노닐던 구름 내려와
송골송골

가냘프고 여린 듯
믿음 같은 자태와 위용한 멋
그 시절 지켜준 운명을
흰 꽃과 함께
방울방울

내 떠나기 전
하얀 면사포 쓴 채
세상에 매달린 허황한 갈등
저지른 죄 씻어달라고
온종일 원 없이 빌고 또 비노라

사랑의 분수

심정 깊디깊은 곳에서
뿜어 나오는 사랑의 분수는
강렬하고 열정의 물기둥이 되어
전력과 혼신의 몸짓으로 분출한다

하늘에 넘치는 사랑에
천지의 고동 생명의 환희
삶의 용기 사랑의 믿음은
우리가 기대는 생의 맛깔이다

그들은 생명력에 이어지는
귀한 그 사랑이 언제나 넘쳐
이어지는 강한 삶의 메시지가 되리라
사랑의 분수는 삶의 에너지가 된다.

들꽃 옆에서

산기슭 언덕배기 숲속
하얀 이 드러내 웃는 너는
그 입술에 입맞춤할 때
가녀린 모습에 수줍음 타겠지

오늘 너를 본 순간
이파리마다 눈물이 글썽글썽
이슬방울에 가슴 태웠지

나도 지금쯤이면
누구를 기다리며 가슴 졸이고
너처럼 애달프던 시절 있었지

지금 생각하면
그때는 가슴 아팠지
그때는 그래도 행복했었지
그 시절 다시 오지 않겠지

그 자리에 있다는 것

당신이 옆에 있어 좋습니다
행복을 말하니 더 좋습니다
내가 지금까지 이렇게 기죽지 않고
갈 수 있는 것도 당신 덕분이겠지요

간밤 꿈속에서 당신이 안 보여
얼마나 외로웠는지 찾아 헤맸는지
꿈마저 처음과 끝을 분간할 수 없었습니다
기억을 못 한 것인지
날아가 버렸는지 모릅니다

한참 후 정신을 차렸을 때쯤
당신이 옆에 있다는 것을 알았을 때
얼마나 다행이었는지 모릅니다

그렇게 좋다는 것을 처음 알았습니다
행복했습니다 그리고 사랑했습니다
당신이 그 자리에 있다는 것을

풀잎 사랑

햇볕이 오는 아침
풀잎은 싱그런 미소로 반기네요
한 울타리 밑에 자란 풀잎
싱그러운 푸른 잎으로
웃음꽃이 되어 이슬로 반짝이네요

언제나 정다움으로 삶을 쫓는 흔들림
비바람과 눈보라를 헤치며
서로서로 의지하는 풀잎 사랑
들녘에서 자라고 기대고 안기는
싱그런 풀잎 사랑이라네요

맑은 물줄기처럼
재미있고 즐거운 순간이
웃고 에너지 넘치는 싱그러운 사랑에
행복한 삶의 여정으로 함께하길
기도하는 마음뿐이네요

사랑

듣는다 느낀다
넘실대는 기쁨의 늪
아름다움을 주는 너 자신에게
행복과 조화를 심고 가꾼다

완전한 희열로 보이는 눈이
그 안에 감춰지고
형상의 빛남을 알아내어
듣고 느끼고 기쁨이 충만할 때
우리 가슴에 비로소 보인다

신의 아름다움이었고
그것을 완전하게 잉태하여
주저 없이 주는 것
우리 함께 어울려 삶에서
우리네 자리 잡은 최고의 선물

언제나 이 세상에서
사랑의 기쁨이 끊기면
악과 함께 깊은 늪에 빠지는 걸까

우리 사이

말없이 소통하고 말없이 챙겨주어
늘 고맙게 생각하는 사이면 좋겠습니다

바람을 막아 주고 파도도 막아주어
서로를 지켜줄 수 있는 사이면 좋겠습니다

물이 맑아 산 그림자가 깊고
산이 높아 물이 깊은 듯한 사이면 좋겠습니다

산은 산, 물은 물대로 아름다운 풍경이 되듯
그렇게 있을 수 있는 사이면 좋겠습니다

서로 함께 살아가면서
서로 함께 사랑하면서
인생길 끝까지 걸어가는 사이면 좋겠습니다.

사랑은 기로(崎路)인가요

겨울지나 봄 되면 길이 보이는
꽃피는 화창한 언덕길
정다운 아담한 소롯길
어디 어느 길로 가야만 할까요
사랑은 기로(崎路)인가요

그때그때 힘겹고 외로워 보이고
한평생 함께라고 하지만
하나뿐인 동반자라 하지만
사랑의 꽃을 피워낼 수 있을까요
사랑은 기로(崎路)인가요

한두 고비 넘기고 한숨 돌리려면
내 마음 사로잡은 그대여
내 사랑 활짝 피는 그대여
사랑의 열매를 맺을 수 있을까요
사랑은 기로(崎路)인가요

그대에게 아름다운 사랑을 주고파
내 곁에 함께 있어야 할 사람
내 마음 벅찬 달콤한 사랑
새로운 기쁨과 믿음 줄 수 있을까요
사랑은 기로(崎路)인가요

제목 : 사랑은 기로(崎路)인가요
시낭송 : 박태임
스마트폰으로 QR 코드를 스캔하면
시낭송을 감상할 수 있습니다.

사랑하는 마음

비 온 뒤 하늘에 나타난 무지개
쌀쌀한 날 잔설이 가득한데
함초롬히 피어난 복수초
사랑하는 마음 가득한데

호수에 가득 드리워진 물안개
살포시 가슴속에 스며든 전율이
따뜻한 내 영혼에 와 닿으면
사랑하는 마음이 샘솟더라

슬픈 고독은 동요되어
내 지신에 스스로 열리는 감정이
잔잔한 물결처럼 흐르는 순간
사랑하는 마음 피어난 데

기대와 관심이 설렘 속에
삶의 존귀함에서 즐거움을 안다면
순결한 믿음을 싹틔우는 새싹처럼
보드라운 손길로 보듬어주리라

사랑의 편지

해 저물녘 태양 빛이 사라져 버린 밤하늘
뱃고동소리가 들립니다
어제의 추억보다 내일의 행복을 꿈꾸며
현재보다 미래라는 시제에 이끌려
온종일 내 가슴을 뛰게 하였습니다

새날과 시간을 고이 접어 그대를 향한 사랑을
간직하니 나 홀로 행복을 느낍니다
이 애달픔을 어떻게 달랠 수 있을까요
오늘 아침엔 보랏빛 햇살이 사방에 퍼져
잠시나마 얼었던 몸을 녹였습니다

파도가 스쳐 간 백사장에 우리 둘만의 발자국 남기며
사랑의 밀어를 만들고 싶습니다
봄소식이 닿아 담 너머 동백꽃이 피었는데
그대의 얼굴을 닮은 그 빨간 동백꽃
수줍게 핀 동백꽃은
마치 그대를 만난 듯 반가웠습니다
이 꽃피는 시간 오직 그대를 향한 사랑의 마음
이외는 모두 망각하고 싶습니다

우리가 함께 머무를 그곳은 어디일까요?
하늘을 정처 없이 떠다니는 구름처럼
외로움의 나래를 펴고
저 하늘에 노을을 벗 삼아 떼 지어 나는 기러기들도

어둠이 오면 짝을 찾아 날아가는데
나는 날 수 없으니 애가 탈뿐

한라산은 눈으로 덮여 하염없는 긴 밤을 하얗게 새우고
그대 달콤한 사랑은 쏟아지는 폭포 물줄기 되어
뛰어내리는데 그 당당함이 가득 쌓일 때
한껏 사랑을 전하고 싶습니다
기다리는 가련함은 이제 슬픔으로 변해
바다 위 돛단배에 나의 열정을 실어 보냅니다

바람이 불어 그대 가슴까지 도달할 테니까

"사랑한다 사랑하노라
영원히 사랑하노라

이 세상 사라지고 하늘이 무너져도
너와 나의 사랑은 더 해가고
오직 그대를 향한 마음뿐
이것만이 너와 나의 뜨거운 열정

그대여, 사랑하는 임이여
나에게 잊지 못할 향연이려니"

제목 : 사랑의 편지
시낭송 : 박영애
스마트폰으로 QR 코드를 스캔하면
시낭송을 감상할 수 있습니다.

당신은 백장미

꽃의 아름다움에 홀려
단 한 번의 만남에 이끌려
백장미는 유월의 언덕에서 만났습니다

삶의 외로움과 산다는 고달픔이 있을 때
여름으로 가는 길목에서
송골송골 맺히는 땀방울처럼
겨울을 맞는 차디찬 서릿발처럼
꽃봉오리마저 서슴없이 내주었습니다

아름답고 상냥한 몸짓
순백의 순결은 또 다른 매력으로
내 마음 당신 곁을 떠날 줄 모르고
가냘픈 듯 애절한 사랑이
내 가슴 여지없이 사로잡고 말았습니다

변함없는 당신은 내 곁에 아름답게 피어
어여쁜 자태와 향기를 머금고
그 정성과 사랑을 주고받으니
아직도 애잔하게 꽃피우고 있습니다

오랜 시간 피어 있는 백장미 되어
유월은 당신과 만난 언덕으로 남아
영원한 아름다움으로 간직한 채
어여쁜 꽃으로 생기를 머금은 채
내 곁에 머물러 주기만 바랄 뿐입니다

제목 : 당신은 백장미
시낭송 : 박영애
스마트폰으로 QR 코드를 스캔하면
시낭송을 감상할 수 있습니다.

그대와 함께

봄이 올 때면 행복합니다
그대와 만날 것 같은 설렘
그 모습 그대로 내 곁에 있어
내 마음 오늘만은 즐겁습니다

꽃이 필 때면 황홀합니다
그대와 함께 꽃길을 걷는
그때 그 꽃 같은 달콤한 미소로
내 마음 그 시절에 머물게 합니다

봄 길은 언제나 아름답습니다
그대와 함께 있고
사랑의 눈빛과 속삭임이 있어
생애 이렇게 좋은 날은 없습니다

그대와 함께 꽃길을 걷습니다
그대와 걷는 그 꽃길
행복한 마음으로 손을 잡고
생애 아름다운 꽃이 되렵니다

유월의 소망

회색 하늘, 뿌연 안개
오월은 동쪽 햇살과 함께 오더니
유월은 남쪽 훈풍과 함께 오누나

그리고 태풍 전야처럼
아무도 모르게 내 옆에 머무르고
여름을 준비할 거야

가뭄과 메마름을 걷는 발걸음
시끄럽고 말이 많은 세상사
숨 쉴 수 없는 시간과 공간들

유월이 오면
푸른 숲과 아늑한 비단길이 되겠지
그리고
짙은 안개가 걷혀 앞을 볼 수 있고
답답한 가슴을 틔워 줄 수 있기를

겨울 연가(戀歌)

겨울은 나 혼자뿐
산과 들은 쓸쓸한데 바람 소리만
덩그러니 남았으니
향기로운 분홍빛도
다정하게 속삭이던 임의 목소리도
흰 눈과 함께 묻혀 버리고

앞산 메아리마저 막혀
구름에 휩쓸려 사라지고
서걱대던 바람결에 마른 잎이
나뭇가지에 걸려
가엾은 내 마음 외면하누나

서릿발에 움츠리며 뒤뚱거리던
발걸음 따라 이만큼 견디었으니
내가 보여준 그 진심
이제는 받아줄까

겨울은 하얗게 잠들고
어둠에 묻혀 허우적대지만
한낮에 나래 펴 내 사랑 다시 한번
임에게 넌지시 건넨다

님아 너를 향한 그 열정과
차가워진 가슴에 온기를 살리고
새 희망을 노래하며
우리가 기다리던 꽃피는 봄소식에
그리움과 함께 사랑을 바치노라.

서글픔

나이가 들면서 달라진 것이 있다

사람들 앞에서 무기력해지기도
순발력이 없어 업신여김당할 때
여지없이 서글픔으로 나타난다

선박이 뒤집히는 사고가 났어도
엊그제 만났던 친구 죽음을 들으면서도
무감각해져 있음에 놀라지 않는다
봄철에 화사한 들꽃을 보면서도
거미가 줄을 타고 내려온다 해도
기쁨으로 가슴이 설레지 않는다

나이가 들면 들수록
삶의 의욕이 없어진 만큼 심욕도 사라져
무기력하고 서글픔만 쌓이는 걸까

봄 마중

따사로운 햇볕이 이곳에 오면
산과 들, 강과 호수 바다와 땅
살포시 기지개 켠다

마른 나뭇가지에 걸린
잎사귀 흔들릴 때면
단단한 껍질을 하나씩 벗는다

어두웠던 밤, 간밤에 잠든 사이
너는 수줍음으로
봄 햇살을 한 아름 안고
새 봄맞이로 바빠지겠지
이른 아침 손잡고 떠나자
봄 마중하러
봄은 어떤 모습으로 올까
환한 얼굴 꽃 미소로 반길까

봄의 전령

얼어붙은 개울 물 천천히 흐르면
봄의 전령 바삐 찾는다
봄기운 완연한데
저만치 아장아장 노랑 병아리
털옷 벗을 날 다가온다

옷깃 움츠려
천진한 아가들처럼 서로 다투니
추위 아랑곳 숨어들어 은빛으로 비치며
살랑살랑 꼬리 흔들어 반긴다

어여쁜 귀염둥이
포근한 사랑을 안겨주고
공작 나래 화려함처럼 부푼 버들강아지
노란 솜털이 터질 듯 귀여워
붉은 입술 돋아나면
무지갯빛 화려함이 가득하다.

휴식(休息)

매일 반복되는 일을 멈추고
잡념과 소음을 피해 어디론가 떠난다
쉰다는 것은 새로운 심장이다
일만 하지 않는 것이 휴식이 아니다

나를 버려라
저 숲에 저 들판에 저 하늘에
노을이 지는 지평선에서
두 팔 벌려 긴 숨을 쉬어본다

나를 떠나라
저 폭포에 저 바다에
식지 않은 백사장에서
몸을 기대어 긴 잠을 청해본다

어둠이 오면
별이 가까이 보이는
나직한 곳 어머니 무릎을 베고
하나둘 별을 세면서 나도 모르게
잠이 들었던 것처럼
이런 것이 진정한 휴식이 아닐까

이런 삶

오늘은 시간을 어찌 보낼까
오늘 할 일 내일로 미루는 일 없이
시작을 했으면 열심히 하고
무슨 일이든 할 수 있다는
자신감으로 살아갈 수 있도록
살고 싶다

다행히 오늘이 있어 할 수 있는 것
빨리 달리는 단거리선수가 아니고
한 걸음 한 걸음 갈 수 있도록
살고 싶다

오늘이 있음에 감사하고
희망이 있음에 내일을 만난다
한 시간이라도 헛된 시간 안 되며
모자람은 가득 채우고
조그만 실수라도 범치 않도록
살고 싶다

오만가지 생각

오늘도 꽃은 피고 진다

꽃이 피면 오랫동안 머물기를 바라지만
금세 지고 만다
우리의 삶도 이와 같지 않나
꽃 필 땐 영원하리라고
꽃 지면 허무하고
우리가 젊었을 땐 영원한 줄 안다

하지만 세월의 흐름은 이어져
자기도 모르게 늙고 만다
이 허무하고 후회스러운 짓을
자기 몫이라는 것으로 깨닫고
그래도 삶의 의미를 찾으려 함인가
역행과 과욕이 많았던 탓일까

나는 왜

지금 어떻게 살고 있느냐를
생각하고 또 따진다 해도
아무것도 모른 것들을
처음으로 이것저것 알았을 때
나는 왜 그렇게 힘겨웠는지

예쁜 꽃 소담 피어
질 때를 알면 더 쓸쓸함이
서글픔보다 두려움일 뿐
조금만 참아 기다리려 하지만
희망까지도 사라질 것 같아

세월이 지난 후
흩어진 뭉게구름을 불러 모아
시간의 흐름을 깨닫고 알면서
따사로운 인정만을 모아
솔직한 무욕임을 보여 주려 하는데

나는 왜
사랑하고 고마움을 깨닫지 못해
지난날 바르지 못한 삶이 되었을까

곧게 뻗은 평탄한 길은 지루하고
돌아가는 것은 후회스럽고
바른길은 어떤 것인지도 모르는데
어떤 길을 택할지 모르겠는데
이것이 끝없는 내 고민일 줄이야

 제목 : 나는 왜
시낭송 : 박영애
스마트폰으로 QR 코드를 스캔하면
시낭송을 감상할 수 있습니다.

사랑하는 사이

언제나 같이 가리라 알며
사랑하면서 만나 가까이에 있어
마주하여도 서로 아는 듯 모르는 듯
얼마나 기다렸는지 모른다

언제나 내 맘 같기를 바라는데
안되는 것들이 걸림돌이 되어
마주하여도 서로 가까운 듯 먼 듯
얼마나 갈등이었는지 모른다

우리는 부부라는 인연에
꽃들이 미소 짓는 꽃길을 걸으며
사랑의 기쁨을 깊게 새기려 하는데
온갖 시름과 슬픔이 스며든다

너와 나는 사랑하는 사이
어제보다 오늘이 보다 내일이
믿음이 차츰차츰 애정으로 커져
아침 호수에 안개처럼 짙게
다시 한번 사랑의 나래를 펴노라.

진달래꽃

임 만나러 왔을까
첫사랑 보고파 온 걸까

진달래꽃 가득한 언덕 따라
봄볕 그윽이 내리는데
이별의 고통을 잊으려
활짝 반기는 너의 표정은
이 시름 날리는 고마운 손짓

하늘하늘 수줍은 꽃잎에
사랑의 달콤함을 한번 두번
지금의 황홀한 덫에 갇힌다

님 떠남을 탓할까
아롱진 사랑을 전할까

진달래꽃 연 달은 그 자리에
님 향한 믿음을 안기는데
만남의 기쁨을 찾으려
연분홍 짙은 너의 모습은
이 아픔 씻어준 고마운 눈짓

꽃이 어울리는 파란 하늘에
순정의 아름다움 한번 두번
영원한 순간의 덫에 갇힌다

제목 : 진달래꽃
시낭송 : 최명자

스마트폰으로 QR 코드를 스캔하면
시낭송을 감상할 수 있습니다.

37

♣ 제2부 자연의 섭리에 취하다 ♣

가을 편지

아침 일찍 가을 편지가 왔어요
울긋불긋한 잎새에 뚜렷하게 썼어요
두 글자씩
사랑, 행복, 슬픔, 이별, 웃음
찬 바람과 함께
편지는 선물과 함께
아무도 모르게 보내왔어요

편지는 점점 가을이 깊어 갈수록
더 짙은 색깔과 많은 사연이 되겠지요

우리가 함께 살고
살맛 나는 일들이 생기고
서로 사랑할 수 있을 때
그 편지는 더 아름다워질 거예요

높은 하늘과 깊은 바다보다
풍성하고 넓은 가을 들판을
서로 손 잡고 뛰어가고 싶어요
가을 편지는
너와 나를 햇볕이 쬐는
행복한 곳으로 초대하네요.

호박꽃 피면

내게 한걸음에 달려와
커다란 기쁨 주는데
담장 위 넌지시 고개 들어
샛노란 얼굴 보이며
향기로 말하여 소식 전하누나

이별한 어머니와 누님을 만난 듯
포대기에 포근히 감싸 안고
먼 산 바라보며 눈시울 붉혔다

꽃 피어 화려한 자태를 남기고
잠든 듯 깨고 나면 더 뚜렷한데
마지막 햇볕 비치는 저녁
어느새 호박 같은 단맛을 남겼다

두런두런 담장 줄기 따라
오늘은 어제보다 크게 영그는
지난 얘기들로 소란해지는 저녁
호박꽃 피면

보리수

옹기종기 새끼들 포대기에 모인 듯
잎사귀 뒤집어쓴 채 기품 뽐내고
빨간 볼에 붉을래 수줍은 듯 앙증맞네

하늘로 쭉 뻗은 가지마다
너에게 희망의 기쁨 안겨 주고
땅속 깊이 묻힌 인고가 가득하네

줄기 사이로 바람 따라 얼굴 빗대어
오묘한 환희의 흐름을 이어주니
인간의 희로애락 말하는 듯하네

너에게는 굳건한 의지가 엉켜
빛과 같은 희망을 안겨 주는 듯
오늘 아침 기쁨을 새롭게 새겨보네

눈 길

백지 위에 누가 그림을 그렸을까
솟았던 서릿발이 비단결처럼
어느새 겨울이 차분해졌네요

뒤돌아볼 겨를도 없이 바람 따라
소복이 다져진 하얀 아스팔트 길
추억을 다잡아 끝없이 걸었어요

계절의 한 모퉁이에 돌아서면
눈 발자국에 드리운 그림자만이
몸속 깊은 향수에 안기고 싶어요

어릴 적 마음마저 미끄러졌는데
고향 산길에 파묻혀 허우적대던
그 시절 눈 발자국에 묻어나네요

비가 온다

창가에 들리는
반가운 소리에 뛰어가
임을 반긴다

나무들이 허기져
신음하는 고통에 안쓰러워
임을 맞는다

가을 짙어진 빛깔이
시들기 전 울긋불긋 물들여
임을 찾는다

낙엽 위에 떨어진
오랜 메마름을 씻어버리려
임을 부른다

민들레 소식

오랜 기다림에 익숙해져
파란 하늘만 보면 힘이 납니다

어제는 밤새워 꿈꾸었던
행복한 그 임을 만났는데
오늘은 목발을 의지하는
장애자의 길손도 보았습니다

꽃피고 새잎 돋우니
모든 시름 잊어버리라 했습니다

내가 노란 모습으로 세상에 남아
마지막 훌훌 털어 날려 보내듯
내 바람은 그이 곁을 떠난 후에
웃음이 사라지고 슬픔을 맞는
그 시간이 오지 않는 것입니다

노란 모습과 향기 남겨 어울리도록
행복한 마음에 길가 가까운 곳
낮게 낮게 움츠려 있다가
어려움에 씨름하는 그에게
미소로 다가갑니다

언젠가
기쁨으로 미련 없이 날려버리는 것이
내가 지금까지 짙게 웃어 보이고
바람에 날려지는 이유랍니다

 제목 : 민들레 소식
시낭송 : 김지원
스마트폰으로 QR 코드를 스캔하면
시낭송을 감상할 수 있습니다.

45

우이령 둘레 길

치마폭 끝에 싸인 길
서울과 고양을 잇는 길
북한산과 도봉산의 계곡 길
깊은 곳에 어울려 뻗어 있네

바람 불어 넓혀진 길이지만
달구지 끌던 산자락에
전쟁과 대결의 숨소리는
잠잠히 귓전에 들려오네

비바람 혹독한 추위로
산머리엔 바윗돌 종일 얹고
오봉은 병풍으로 의지하며
턱밑 석굴암에 마음을 비우네

코발트 빛 하늘이 내려와
골짜기엔 단풍으로 머물고
짙은 빛으로 숲속에 파묻혀
둘레길 발걸음 가볍기만 하네

등산 예찬

예봉산 숲속 길 황톳길에
돌계단 따라 비스듬히 오르는 길
산들바람 가을 정취 듬뿍 담았네

발걸음 쌓이고 쌓여 숨차 오르니
땀방울이 옷깃에 스며드는데
너도 나도 떼 지어 오르고 오르네

먼 하늘 바라보는 앞 계단 위로
산들바람 불어 옷깃에 닿으면
흰 구름 조각들 서쪽으로 흐르네

눈 앞에 펼쳐진 대자연의 선물
계곡물 시원하게 흐르고 흘러
꾸밈없이 내 눈앞에 보이네

푸른 하늘 펼쳐진 조각구름들
끊임없이 서쪽으로 흐르고
나무 그늘 앉아서 한숨 돌리네

겹겹산중 구비구비 이어지고
자연의 혜택은 이만큼 크니
내일도 산 오름이 계속되리라

목백일홍

도심 공원 한편 뜨거운 햇볕에 그을려
빨갛게 멍든 구름 한 점 한 점 떼 지어 모여든다
진분홍 여린 꽃잎들 수줍어 얼굴 못 들고
꽃잎 자루는 바람에 그만 꺾이어 떨어진다

멀리 보든 가까이 보든 장마 끝 붉은 무지갯빛
가냘픈 외로움에 눈물이 연거푸 쏟아진다
구름 쫓아 비친 빗물 얼굴에 떨어져 수줍은데
울긋불긋 차려입은 그대의 모습 가냘프다

간지러워 만질 수 없다지만
매끄러운 살갗이 비로소 깨끗이 씻어 차리면
임은 소담한 꽃 떨어지기 전 오시겠지

겨울 산길

눈이 또 온다
겨울이 성큼 오더니
겨울답게 눈발이 날려
여기저기 눈이 덮인 낙엽만 뒹굴고
설경에 빠져 겨울 산길을 걷는다

나무들이 허기져 메마르고
발가벗은 속살은 에이는 고통에 신음하고
음침한 산길을 추스르는데
석양이 떠나니 기력이 쇠진하는구나

아직도 파란 잎이 남은
소나무 가지에 소복이 쌓인 눈
주변과 조화롭게 마지막 빛깔로 맞추고
겨울의 텅 빈 기슭에서
두 팔 벌려 기지개만 켜는구나

낙엽 위에 떨어진 고독을 떨치고
힘차게 들판으로 달려 나갈 채비를 하자
나가기 전 쇠진한 기력을 채우며
쌓인 눈의 순수함을 챙겨볼까

가을 초대장

백로의 아침 가을이 찾아왔습니다
노란 잎새에 또렷이 쓴 가을 초대장
사랑, 행복, 웃음을 화폭에 담아
바람과 함께 봉투에 넣어 보냈네요

가을이 깊어 질수록
짙은 색깔과 사연이 담기겠지요
우리가 평생 함께하고
살맛 나도록 사랑할 수 있을 때
그 초대는 더 아름다워질 거예요

높고 깊은 하늘과 바다보다
풍성한 가을 들판에 내 몸을 맡기고
이 초대가 너와 나를 하나로 묶어
햇볕이 내리는 행복한 곳 오붓한 곳
풍요를 여기에 가득 채울 수 있을까?

한강 서래섬에 머문 석양

어둠 속에 숨은 높다란 아파트 숲
넓게 펼쳐진 황금빛 강물에 비추니
버드나무 가지와 아울러 춤을 추네요

사방으로 이어지는 산책길 따라
석양의 그림자에 비친 붉은 노을은
떠나는 낙조가 동작대교 위를 뻗쳤네요

바람결에 아름다운 그림이 선명하고
철새가 떼 지어 강물로 내리고 오르니
소낙비처럼 주르륵 물 위로 빗발치네요

강물에 비친 황금빛 물비늘 사이로
석양 따라 아름답게 하늘하늘 춤추고
강변 시름과 한숨을 몽땅 걷어 삼키네요

청계천은 흐른다

서울의 한복판 서에서 동으로
지금도 흐른다

그 옛날 판잣집에서 배고픔과
삶의 고달픔으로 뒤엉겨
살을 에는 추위 속 몸부림들
이런 삶의 모습 사라지고
이제 모든 것을 잊어버렸다

그 시절 그때 뒤로 하고
물길 따라 세월 따라 흘렀나

물 맑아져 흐르고 물고기 놀아
사람과 자연의 만남은
건강의 믿음을 갖는다

청계천은 흐르고 또 흘러
한강과 만남은
훗날 내 세월의 기억과 만남이겠지.

물길 따라

생명이 있어 살아 있는 힘은
어디에 있을까
활기차게 호흡하는 이 땅에 존재하는 곳에
물길 따라 생명 따라 흐름에 의존해
너도나도 잎을 피워 줄기마다
너의 생명을 지탱하였으니
그 가치를 몰라 초라함뿐이던가

어디서 와 어디로 가는지 묻고 있으니
너 또한 생명을 이어감에
그 고귀함은 끝이 없어 고마움을
말하려 했거늘 한결같이 묵묵하도다

물길에 메마르면 적셔 숨 쉬게 하고
생명을 보듬어 나누니
무엇보다 그 혜량은 크더라
네 품에 안겨 그 기품만 따르고 따르니
물길 따라 세월 따라 인생 따라
또 한 번 파도처럼 휩쓸려 보노라

의암호를 가다

정체된 심장에 담긴 의암호
어우러진 산천이 춘천을 품고 있나
아니면 춘천이 그를 끼어 앉고 있나
호반의 여유로움이 사시사철 흐른다

물은 보다가 알고 알다가 보는 것
넓은 호수는 지금 포근하고 조용한데
정적 속에 감춰진 비밀의 향기는
온천지에 드러내는구나

삼악산 협곡에 자리 잡은 의암댐
아름다운 호수와 호반길에 싸여
동해안처럼 반듯이 쭉 뻗은 길
뒤쪽 구름 속에 의암댐이 보인다

파란 물속에 하늘이 들어와
산을 기대어 초여름을 맞으면
이제 가벼워진 몸을 일으켜
그 곁에 머무르고 싶구나

호수에 서서

앙상한 나뭇가지에 걸친 호수
그 안에 꽉 찬 차가운 물을 보면
막힌 가슴이 뻥 뚫린다

호수 안 물속에 잠긴
나뭇가지가 꾸부정하게 기대어
햇살이 수면에 미끄러지며 흩어진다

날아가는 새 그림자가 얼핏 스치고
내 모습이 하늘로 비쳐 퍼진다

물과 하늘, 나뭇가지와 투영 상들
모두가 알몸으로 함께 있다
그 안에서는 모두가 아름답고
새롭게 변한 세상이 펼쳐져 있다

그들은 서로 어우러져 외롭지 않았고
앞산도 느긋하게 팔베개로 누워 있다
매년 해를 넘길 때쯤 나는 어느새
저세상에 먼저 건너가 있는 듯하다.

꽃이 어우러 아름다움이 되듯

허투루 보낸 시간을 내 곁에 붙잡고
새롭게 사랑의 꽃을 피우려 합니다
그대와 손잡고 사랑의 싹을 틔운 것이
얼마나 고귀한 것인가를 알았습니다
봄소식이 따뜻한 바람과 함께 오고
하늘도 푸르러 잔잔히 일렁입니다

꽃이 어우러 아름다움이 되듯
우리 사랑이 아름답게 무르익어 갑니다
그대는 이 밤의 메아리로 내 귓전에
진한 그림자로 남았습니다
미소가 가득한 그 얼굴이 꿈속에 머물러
영원한 사랑을 찾아 헤매고 있습니다

비 내린 뒤

만약
비가 오지 않는다면 어떻게 될까

아마도
물 없어도 살아갈 수 있도록
변했을 것이고
구름 없어도 살아갈 수 있도록
변했을 것이고
바람 없어도 살아갈 수 있도록
변했을 것이다
무지개를 볼 수 없겠지

물, 구름, 바람, 무지개는
내가 지금 살아가는데
반드시 있어야 하는 것들
비 내린 뒤
바람이 구름을 성급히 몰아내는 날엔
이런 엉뚱한 생각을 하게 된다

언젠가 우리는
사막에서나마 온종일 햇볕을 받으며
살아야 하지 않을까
밤에도 잠이나 잘 수 있을는지
이 순간에도
땅에 있는 것들이 더워지고 있으니까

겨울 계곡

낙엽만이 바스락바스락
바람결에 사락사락
절간 같다

겨울 계곡은 방금 잠이 들었다
나무들도 낮잠을 청하고 있구나

새들은 어디서 자고
또 새 소리는 어디에 묻혔나

계곡물은 땅속에서 졸고
돌다리도 나그네를 기다리며
덩그러니 쉬고 있다

햇볕은 잠에서 깰까 봐
살그머니 내려오고
겨울 계곡은 낙엽과 바람 소리로
한적하고 깊은 잠에 빠졌구나

한설(寒雪)
– 삶의 표정 –

찬 것이 있어야 따뜻함이 있는 것
따뜻함은 찬 것을 함께 한다
때가 되면 어김없이 그를 만난다
언제나 삶이 머문 줄 알지만
그때는 다시 태어나는 순간이 된다

한설은 고요하고 풍요를 느끼며
풍요는 새로운 변화로 바뀌어
변화에 적응하는 친화력을 갖는다
찬 것과 더운 것은 기다림이 다를 뿐
한 걸음 변화의 지혜는 똑같다

겨우내 가는 곳마다 그를 만나며
덧없는 세월의 모습이 투영되는데
변함없이 반복되는 그 자리에서
나를 보고 또 보며 비치는 그 의미를
내 가슴에 새기고 새긴다

가까이서 다가오는 그 온화함에
내 모습을 보는 듯
꽃이 활짝 피어 나는 듯한데
터무니없는 지난날을 돌이켜
그 틈 사이 사이에 엉킨 실타래는
언제쯤 매듭이 풀릴까 기다려 본다

제목 : 한설(寒雪)
시낭송 : 박태임
스마트폰으로 QR 코드를 스캔하면
시낭송을 감상할 수 있습니다.

해안선(海岸線)

숲길보다 아름다운 길이 있다
끝없이 길게 뻗은 이 길은
해안선 따라 넘실대는 흰 물결
산 아래 가득히 감싼 흰 안개
그들이 함께 어우러져
선끼리 매듭지어 머문 곳에서
잠에서 막 깬 나를 보았다

어디서라도 이 끈을 당긴다면
산산이 부서져 버리는 건 아닐까
이 땅에 태어나 얽힌 것이
그 누구를 위한 누구의 덕분이던가

난 무엇을 더 바라겠나
하늘과 땅과 바다가 함께 있어
원과 선과 점이 한곳에 멈춰져
선명한 색깔로 가슴에 다가오니
이것들이 길게 닿아 기운이 모이면
남는 자의 편안한 길이 되겠지

언제쯤 이 선에서 내 몫을 찾아
떳떳한 세상의 기쁨에 만끽하고
나를 잇는 삶의 시름을 여기에 묻어
새롭게 나를 위한 믿음으로 이어질까?

제목 : 해안선(海岸線)
시낭송 : 박순애
스마트폰으로 QR 코드를 스캔하면
시낭송을 감상할 수 있습니다.

60

마지막 별빛

어릴 때 아무것도 모르고 걸었던
길목에서 누구와 함께 걸었는지
지금은 기억도 안 나지만
세월이 흐른 뒤 이제 와 생각해 보니
선명하게 보이는 듯 어른거리는
산허리에 남은 마지막 별빛이어라

더 빛나고 뚜렷하지만
반짝이던 별빛이 흐릿한 불빛처럼
슬픔에 묻혀 눈시울 적셨던들
기쁨에 매달려 환호하였던들
마찬가지였거늘
마지막 별빛을 찾아 이곳에 왔으니
나를 알고 내 믿음으로
아직 그곳에 남아 있겠지

이제까지 못다 한 과제가 있음은
삶이 우둔해지고 게으른 탓이었을까
주름지고 흐트러진 내 주변을
나를 떠나 나무랄 수 없으니
마지막 행복에 묻히어 꿈에 기대고
산허리에 남은 마지막 별빛 되어
애잔함을 달래 주면 어떨까?

제목 : 마지막 별빛
시낭송 : 박영애
스마트폰으로 QR 코드를 스캔하면
시낭송을 감상할 수 있습니다.

꽃 한 송이

어젯밤 꽃 한 송이
보냈어요
당신이 좋아하는
노란 꽃

마음이 울적할 땐
꽃을 보고
속삭이세요
사랑한다고

세월의 흐름 속에
짓눌린 마음이
메마름으로 가득한데

지금까지 허송세월에
모든 것 떨쳐버리고
노란 꽃 한 송이
기꺼이 받아줘요

그 꽃이 시들지 않아
오랫동안 향기 맡으며
사랑의 달콤함을
이어 가세요

어젯밤 꽃 한 송이
보냈어요
당신이 좋아하는
노란 꽃

변산 바람꽃

바람이 부는 대로 흔들리는 하얀 입술
변산 아씨 봄과 손잡고 온 아가씨
추운 곳 산자락 길에서 너를 본다
연두색 암술 연한 보라색 수술
초록색 깔때기처럼 네 얼굴은 가냘프도다

난 눈 쌓인 이른 아침 추운 바람이
떠나기 전 일찍 일어납니다
다섯 개 꽃받침 깔때기 모양이 꽃잎이지요
난 바람꽃 변산 바람꽃

입춘이 지나
복수 꽃과 함께 피는 바람꽃
살며시 피어 자랑하지도
화려하지도 않아 바람 따라 오는데
봄을 시샘하는 찬 바람은
꽃샘추위가 되고 바람꽃이 되었나
바람 따라 꽃 피고 꽃 따라 봄이 온다

♣ 제3부 손길로 빚어 마음에 심다 ♣

손길

살아 있을 때 가장 소중한 존재
안아 주고 쓰다듬어 감싸 주고
어루만져 다독이며 정을 주어
무에서 유를 창조하는
무엇이든 얻을 수 있는 맥가이버

너는 온종일 무엇을 하는지
나에게 모른 척하고 있지
왼손이 하는 일 오른손이 알아야 한다

서로 포옹하면 마음이 통하여
환희의 감동에 흠뻑 빠지는데
만져 느끼는 너의 재치는 넘치고 넘쳐
모든 것을 가능케 하는 것
기쁨이 커다란 힘이 되어
꽃길처럼 아름다운 손길이 되니
모처럼 귀한 자리에 기꺼이 초대하리라
너의 고귀한 자태는 숭고하여
아름답게 빛나고 있음을 발견한다

사는 동안 우리가 할 수 있어야 함은
손길로 빚어 마음에 심을 수 있다면
꽃피는 봄이 되어 온화하고 아름답겠지
언제 어디서나 나와 함께 있어야 할
아름다운 손길이여

제목 : 손길
시낭송 : 박영애
스마트폰으로 QR 코드를 스캔하면
시낭송을 감상할 수 있습니다.

한옥 예찬

지금은
현대 건물에 쫓겨난 듯
어디서나 찾기 어려운 모습
한껏 뽐내던 자태는 어디에 두고
초라한 외진 곳에서 노년을 맞는다

아직도
문풍지 사이로 스며드는 햇살
마룻바닥과 천장
소나무와 삼나무의 은은한 향취
벽에서 배어 나오는 흙 내음
멋진 기풍이 살아 있다

무엇보다
자연을 오롯이 담은 공간이
어머니의 품으로 승화되어
푸근한 정을 넌지시 건넨다

고색창연한 솟을대문을 열고
들어가는 나지막한 멋스러운 그 길은
현대를 살아가는 우리에게
고즈넉한 풍경을 느끼게 함이던가

자신의 삶

인생은 짧다고 했겠다
그러나 영원히 살 것처럼
오늘도 허송세월 虛送歲月인 듯하다

난 언제 어떠한 어려운 일이
닥쳐올지 모르는데
그 어려움을 대비하여
최선을 다하여야만 나중에라도
후회되지 않겠지

스스로 만족하는 삶을 살아갈 때
그것이 무엇보다도 즐거운 삶이 아닐까
늘 자신의 삶이 만족스럽도록
꾸준히 가꾸고 실행하는 것
그게 곧 행복이겠지
바로 자신이 갖는 만족이 기쁨이리라

가을의 한 추억

가을이 와 있는 아침 공원에 올라
꺼꾸로 매달려 허공을 보니
어느새 하얀 목화꽃이 피었다
목화 꽃송이가 잔잔한 푸른 들판에
한가롭게 걸쳐져 바람 끝에 머문다

햇볕이 비추어
어머니의 손길이 더 따뜻해지고
정감 어린 보살핌으로 살았을 그때처럼
찐한 향수가 바람과 함께 찾아온다

가을이 떠날 때 찬바람에 움츠리고
따뜻한 목화 이불속에 누우면
어머니의 젖 냄새를 맡을 것이다

가을은 걷다가 쏜살같이 달아나고
새털구름은 그림자도 지워버려
쓸쓸함만 지닌 채 저만치 남겨져
길모퉁이에 서성거릴 뿐이다

가을의 책장

붉은 가을빛에 얼굴을 씻고
창문 너머에 어둠이 내릴 때
하얀 불빛이 수놓은 아파트와
가벼워진 가로수를 바라본다

싱싱 달리는 자동차 소리 위로
검붉은 노을이 어둠과 함께 달린다
내게 오늘 하루는 지나고
내가 가야 할 내일이 나를 반기는데
가을은 저녁노을에 물들어 가는 것일까

가을을 찾은 도시는
오늘도 바쁘고 가냘프고 번거롭다
풍요롭지만 않은 가을
오늘이란 시간으로 자꾸만 흐르고
저녁을 찾아 가을의 책장을 넘기다.

가을을 걷고 싶네

이때가 되면 단풍궁궐 골짜기 따라
널따란 병풍을 두르니
화폭에 울긋불긋 갈잎이 나부끼고
파란 하늘 뭉게구름 한 움큼 쥐어 본다

흩어진 산새 찾아 들어 가을을 부르고
게으른 아침 빠르게 흐르는 시간
이들과 함께 넘나드는 가을을
두 손 잡고 천천히 걸어가고 싶구나

주변에 널브러진 아름다운 정취는
반가운 건지 수줍은 건지 알 수 없지만
이곳은 내 생애 즐거움만 있는 곳
날개 활짝 펴고 하늘 높이 날아오른다

살 맛난 가을의 병풍 골짜기마다
갈잎 따라 뒹굴고 부딪치고 얼싸안은
그런 모습으로 이 가을을 걷고 싶다
혼자라도 나 혼자만이라도
그대와 함께라면 더 좋겠지

사랑은 흔적

그 시절 설렘을 담고 담아
한 줌 전해 준 그때가 언제였던가
빛바랜 종이에 빼곡히 담긴 사랑은 흔적
이별의 애달픔을 말하고 있을 뿐

떨어진 꽃잎처럼 애틋한 사연들을
보고 싶음이 배인 사랑의 편지로 남아
우리가 옷깃을 올리기 전
달빛에 포옹한 채 그 자리에 묻혀
녹아내린 사랑의 그림자로 있구나

아름답게 새겨진 그 모습이
별이 되어 잠든 뒷산 밤하늘처럼
사랑을 이어준 한줄기 꿈이었건만
행복을 느끼는 입맞춤이리라

네가 있으매 나를 빌어
너를 기다리는 순간순간마다
나이 들어 그 시절 다시 만나
사랑의 불꽃을 되살려
메마른 마음에 열정을 피우리라

마지막 길 나서며

우르르 주르륵
밤새워 줄기차게 쏟아졌는데
아직도 흘릴 눈물 남아 있나요

줄 선 우산에 하염없이 쏟아지고
나뭇잎에 떨어지고
아스팔트에 부딪히는 그 많은 빗물은
누구를 위한 그리움이던가요

나에겐 그리움과 보고픔이
이 아침 유난히 밀려오네요
피곤했던 간밤 뒤척이며
잠 설쳤더니 정신이 혼미하네요

세상사 모두가 오늘처럼
우르르 주르륵

내 마음속 울림

따스한 보금자리
자식과 삶의 수레바퀴를 이끌며
힘든 고비마다 인도하면서
자신에게 엄격함을 견지하신
그 힘은 무엇일까
어느 것과 비교할 수 없는 아름다운 빛
어머니의 눈빛이어라

따스한 체온은 아직도 그곳에 남기고
앞뜰 양지쪽에 걸터앉아 주고받았던
그 숱한 이야기들
앞마당을 오갔던 생생한 그림자가
아직도 선명하네요
이웃과 정을 쌓아 만사를 헤쳐나가는
삶의 지혜는 지금도 변치 않았는데

이 순간
어머니의 눈빛은 애달픔보다는
사랑과 정을 이어주는 고리가 되어
내 마음속 울림으로 피어난다
어머니의 눈빛
더 빛난다 더 그립다.

제목 : 내 마음속 울림
시낭송 : 최명자
스마트폰으로 QR 코드를 스캔하면
시낭송을 감상할 수 있습니다.

인생무상(人生無常)

세월이
끝없이 재촉하여
어느새
황혼에 다다르고

삶의
희로애락을
스스로
깨달음에 이르렀을 때
모든 것이
덧없음을 알았네

이것이
인(人) 생(生) 무(無) 상(常)이던가

기대의 삶

햇살이 눈부시게 내리는 아침에
마당 한쪽 비둘기 떼 짝지어 춤췄어
이 아침이 지나면
좋은 일 생기는 줄 알았지

갑자기 함박눈 펄펄 내리는 낮에
눈길에 누군가 만날 것 같아 기다렸어
이 눈이 쌓이면
기쁜 일 생기는 줄 알았지

산 그림자 위 어둠이 깃든 저녁에
사방에 가로등 불빛이 훤히 밝았어
이 불빛 켜지면
임을 반갑게 만날 줄 알았지.

도시에는

햇볕이 도시에 내려오고
달빛이 어둠 속을 넌지시 스미는데
그들은 다 어디에 있을까

낮에 솔래솔래 이어오고
밤에 수런수런 집마다 지새우며
이웃에 비친 온기로 저 숲을 건너
애달픈 이들의 삶이 밝게 이어질까

도시를 벗어난 좁은 길 따라
상고장이 머리에 달린 끈 같은
빛줄기가 가난에 찌든 이들에게
사랑의 끈으로 머물기를 바랄 뿐이다

바다에 비친 삶

바다를 어루만지며 다가오는 파도는
넓게 펼쳐진 백사장에 숨어들고
모래와 숲이 그림처럼 이어져
소나무 숲 병풍이 기다랗게 펼쳐졌네

갈매기는 허공에 풍선처럼 날아
어느새 사람 곁에 봄을 한 움큼 전하고
고깃배들은 바람 부는 대로 흐느적이며
봄이 오는 한낮에 오수를 청하네

이 바다는 겨울을 깨고 다시 나와
언제, 어떻게, 무엇이 될까
사람들은 나무가 되고 꽃이 되고
모래가 되고 바닷물이 되려는가

네 옆에 남아서 지금처럼 벗이 되고
한낮 은빛 망망대해로 나가면서
바다에 비친 삶처럼
끝없이 넘실거리며 살고 싶네

애달픈 시련

오늘은 단비가 촉촉이 내리더니
들판에 산뜻한 기운이 스며드네요
노란 은행잎들이 저마다 가지를 떠나
땅바닥에 뒹굴고 있을 때
님의 마지막 그 모습은
외롭고 힘겨워
내 삶마저 덜어주고 싶은데
머뭇거리다 시간을 놓쳐 버렸네요

세상에 기대어 허우적거리고
지금까지 모른 척 또 모른 척했어요
행복은 물론 가족을 잃어버린 임에게
마지막 이야기는 너무나 쓸쓸했어요

멀어졌던 순간순간을 잊어버리고
저와 함께 그곳에서 낙엽을 만날 때
그때 그 진실한 마음 알 수 있을까
마지막 애달픈 시련까지도

외롭게 가는 길

삶을 버거워 하는 이여
그렇게도 힘겨워 숨찼던 세월
어느새 흘러 흘러
한 줌의 나뭇잎으로 떨어졌으니
지샌 밤 혼돈이 되풀이되었습니다

삶이 무엇인지도
떳떳하게 말할 수 없고 자신 없어
오늘도 하루를 삼켜 버리고
힘에 부쳐 어깨를 움츠리고 있습니다

외롭게 가는 길
하루 이틀로 운명이 뒤바뀌어
그래도 한시름 덜고 나면
다행인 것은
난 알 수가 없습니다

어떤 것이 옳은지 그른지
내 삶이 존재하고 있음을 아는가
오, 고달픔이 세상에 주는
내 몫이라면
그대여 모든 것을 용서해 주오
놓아 주리라 고이 가시라

제목 : 외롭게 가는 길
시낭송 : 박태임
스마트폰으로 QR 코드를 스캔하면
시낭송을 감상할 수 있습니다.

하자보수(瑕疵補修)

오늘 난 오십견 때문에
강남에 위치한 정형외과를 찾았다
그들은 한결같이 찾아서 오지만
나약하고 지친 모습들이다

목발로 버틴 몸뚱어리
이마다 싸인 진통은 어둠 속
캄캄한 터널에 부딪히고 부딪쳐
고장나 틀어진 지 오래다

그들은 서로 생각을 공유하고
자기를 살리는 언어라는 식량이 있다
언젠가 찌그러진 채 싸인 캔처럼
재활용과 쓰레기로 버려짐을 안다

등이 굽어 편치 않은 자들이
반드시 말 못 하는 짐승으로 돌아오고
때론 폭력적인 상처를 만들어
결국 질투와 멸시로 남는다

온갖 치료로 낫게 하여 되돌리면
그들의 고통은 떠난 듯 조용한데
삶에서 하자보수 瑕疵補修는
왕성한 육체로 올바른 정신으로
만드는 언어일지도 모른다.

제목 : 하자보수(瑕疵補修)
시낭송 : 박영애
스마트폰으로 QR 코드를 스캔하면
시낭송을 감상할 수 있습니다.

달빛 사랑

사랑을 할 땐
달빛 내리는
넓은 해변으로 나가자

하얀
백사장을 끝없이
손잡고 거닐어 보자

은파에 실려 오는
음표를 따라 노래하고
은하수에 걸어놓은
별들과 같이 춤을 추자

쉼 없이 밀려오는
잔잔한 파도 소리 같이
너와 나의 밀어가
달무리에 닿을 즈음
퍼져 오는
은하수에
반달 배 띄어놓고
노를 힘껏 저어가자

달빛이
우리들의 가슴에
터질 만큼
사랑이 부풀어 오른다

생(生)의 계단

언제부턴지 수많은 발길
오르내리던 사람들이 오늘도 오간다
세월의 흐름도 막을 수 없고
발걸음도 막을 수 없는 삶의 귀퉁이에서

희로애락으로 인정사정 만들고
다툼과 사랑으로 또 오르내리는데
모든 만물이 생로병사가 있나니

어디서 왔는지 누가와 함께 왔는지
언제 왔는지 물어보지 않겠다

슬프고 힘들었던 일들 몽땅 잊고
기쁘고 즐거움만 발자국에 새긴다
난 오늘 이 계단에 무엇을 남길까

저녁을 걸으며

오늘도 강가에서
석양빛이 흐른 쪽으로 걸어갔더니
등지고 걷던 쪽에서
석양에 물든 새가 날아오른다

붉은 강물에 새가 날아
일렁이는 물결이 잠시 멈추고
새롭게 내일을 위한 흐름으로 바뀐다

오늘 이 세상 모든 것이
내 것이 아닌 줄 알면서도
나는 저 하늘의 별이 오기를 기다리고
영영 돌아오지 않을 그를
오기를 기다리는 절실한 마음으로
저녁을 걷는다

왜 나는 이곳에 와
하늘에서 내린 노을에 새를 쫓아
저녁을 걸으며 별이 오기를 기다리고
그가 오기를 바랄까

외로운 밤

잠이 오지 않는 밤
바깥이 훤히 밝아지는
외로운 밤
혼자 창문 열어 눈빛이 서성인다

그리운 님인 양 반달로 높이 떠 있고
내 곁에 왔다 간 건지
반갑게 얼굴을 내민다
웃는 듯 마는 듯 뒤뚱거리며
중천에 떠오른 반달

달은 숲속에 반쪽을 그림자로
남겨놓고 갔나보다
잠 설친 외로움을 조금이라도
달래주려 내 곁에 남긴 걸까

어차피 중천 달이 서산에 지면
저 그림자도 사라지련만

행복한 사람

나 자신의 존재를 알아줄 때
쉽게 다가갈 수 있으련만
언제나 함께하는 것들이 있으니
그 나름 가치를 우리는 잘 안다

이제 다시 오지 않을 것이면
마음 아프게 들여다보지 말고
이 순간 그때를 지혜롭게
자기 것으로 만들어야 하겠지

누구를 감동하게 하기 위함이 아니라
자신을 멋지게 가꿀 수 있기 때문
사랑함은 둘이 마주 보는 것과
같은 쪽을 함께 바라보는 것이라

자기 마음의 정원을 가꾸고
그곳에 무엇을 심고 가꿀지를
생각하고 고민한다면
우리는 반드시 행복은 찾아온다

세상에서 가장 행복한 사람은
가장 사랑받는 사람이요
가장 칭찬하는 사람이요
가장 사랑하려는 사람일 것이다

고맙습니다

봄이면 신록으로 변하여 꽃 피고
여름이면 뜨거운 햇볕을 피하여
가을 되면 울긋불긋 단풍으로
겨울에 따뜻함이 고맙습니다

지금 이 순간 내가 어디에 있든
내가 무엇을 생각하고 있든
내 마음이 평온하면 행복하고
몸이 편안하여 고맙습니다

지금까지 걸어온 길이었든
새로운 길을 혼자 가라고 하든
그 길이 진실한 삶의 여정이라면
몸이 고달파도 고맙습니다

내 옆에 그대와 함께 있어 좋고
그대가 나의 마음을 헤아린다면
그대와 함께 언제나 행복할 것이고
즐거움이 있으니 고맙습니다

제목 : 고맙습니다
시낭송 : 박순애
스마트폰으로 QR 코드를 스캔하면
시낭송을 감상할 수 있습니다.

사람 노릇 해봅시다

꽃향기 묻어나는 아름다운 시절
훈훈한 흙냄새 번지는 세상인데
너를 보고 나를 탓하거늘
나를 보아 너의 탓으로 하니
삶이 고달파 편안히 잠들 수 있을까

서로서로 질투와 시기를 일삼아
내 잘난 것처럼
내 잘못이 없는 것처럼
어떤 것이 옳고 그른 것인지 헷갈리는데
사람 노릇 한번 해보자고
큰소리로 목청 높여 왔지만
지치고 지쳐 메아리가 되었는가

불평이 온천지에 뒤덮여도
나 몰라라 하면
온전히 잠들지 못해 뒤척이고
시간이 흐를수록 멍들고 상처일 뿐
삶이 버거워질 테니
이제 사람 노릇 한번 해보면 어떨까

인정이 넘치는 호시절도 있었지만
시간의 너울과 함께
돌아올 수 없을 만큼 흘렀는지도 모른다
한때 그릇된 오류였는지
인정에 불신의 갈등이 쌓였는지
인간성 회복을 위한 메마른 대지에
단비가 내리기를 바란다.

 제목 : 사람 노릇 해봅시다
시낭송 : 박영애

스마트폰으로 QR 코드를 스캔하면
시낭송을 감상할 수 있습니다.

꽃은 피는데

햇살이 내려오는 찰나
어김없이 꽃은 피었다

온통 울긋불긋
무지갯빛 물든 짙은 꽃 향과
하늘거리는 춤사위
다투어 꽃이 필 무렵
향긋한 내음과 기쁨을 함께한다

지금 이 꽃 대궐엔
너와 내가 함께 있겠지
꽃은 피는데
나에게 보이기 위해 필까

햇살이 넘치면
이곳에 너를 두고 나마저 잊어
생색내고 시기하고
속이는 일이 있을 수 있을까
꽃은 피는데

여 유(餘裕)

지난 시간 속에 풋풋했던 젊음은 가고
굵어진 주름살에 초라해져 있는
자신을 발견하더라도
절대 후회하지 않습니다

어제보다는 오늘 더욱 웃을 수 있는
시간이 되고 넉넉한 마음으로 여유를
갖게 되길 바랄 뿐입니다

세상은 아름답고 재밌는데
우리는 하루를 너무 바쁘게만 살고
사랑할 수 있는 마음을 갖고 있다는 것도
모른 채 살았습니다

사랑하는 사람과 함께
가슴 시리도록 파란 하늘도 바라보며
담 밑에 고개 쳐든 파란 여린 새싹을
어루만질 수 있는 여유가 있다면
좋겠습니다

♣ 제4부 순수한 그리움 찾아서 ♣

흰 목련이 필 때

봄 아침 희고 연약한 몸으로
환한 얼굴로 수줍게 머리 들어
단단한 껍질을 뚫고 나온 흰 새들아

겹겹이 쌓인 흰 날개를 펴고
고공의 밧줄 화려한 춤 사위로
포근한 바람에 하늘거리는 흰 새들아

비 갠 아침 폭포수처럼 쏟아지는
햇살에 푸른 듯 얇은 부리를 내민
새들이여 흰 새들이여

새들은 어디서 와 잠시 머물다
날개를 몇 번이나 퍼덕이는가
벌써 화려한 몸짓과 날개를 접고
우아하게 보이려 뛰어내리는가

우리 영혼은 별빛으로 불러모아
신성한 순결로 남으려 하는가

비 갠 날

물이 많아진 호수와 들판
짙은 파란색으로 변한 잎새들
햇살과 함께 내 눈을 맑게 해준다

나뭇 사이 선명해진 언덕길
한층 기품 있는 나무와 숲들
허공을 가르는 새들의 비상
신바람에 내 마음이 가볍도다

비 갠 날은
모든 것을 잊고 그곳에 빠져
몸과 마음을 힘껏 던지고 싶다
내 기분을 여는 쾌감
사막에 나타난 신기루라고 할까

새벽에 오는 소리

따뜻한 겨울 새벽 뜬금없이
가랑비가 내린다
눈마저 없어 목마름이 깊으니
나뭇가지와 마지막 이별한 낙엽도
빗물을 넘기며 배를 채우고 있다

배고픔에 움켜쥔 허기진 배도
잃었던 소리가 되살아 출렁이고
그 소리는 물레를 돌리듯
나뭇가지도 생기를 내듯
한 그릇이 되어 물 향기로 채운다

외로웠던 이들이 너도나도
메마른 입술을 적시고 배를 채우는
신음이 산꼭대기까지 달린다
기력이 쇠해진 메마름과 허기가
새벽에 오는 소리로 허공에 퍼진다

착각(錯覺)

늙어 주름지고 초라해진
내 모습 비춰보면서도
나 아직 힘 있는 싱싱한
청춘이라 생각합니다

그 모습 징그럽고
허무하기 짝이 없어도
마음 한구석에 꿈 하나
접지 않은 것이 있습니다

언젠가 화려한 나비 되어
달콤한 향기를 간직한
예쁜 꽃의 구애를 받을지도
모른다고 믿고 있습니다

안개 속을 거닐며

너는 혹시 안개를 본 적이 있나요
흐린 가로등 불빛 아래
새벽녘 강가에서
홀로 외로이 피어나는 안개를
너는 가끔 안개 속을 걸어 보았나요
이루지 못한 꿈들이
회색빛 하늘에서
쓸쓸히 스며드는 안개 속을

너는 정녕 안개를 좋아하고 있나요
사랑을 속삭이는 숨소리가
들리는 내 곁에서
한편의 아름다운 시라는 것을

산안개

후덥지근한 바람과 사나운 비바람이
어느새 장대비로 쏟아지고
뿌연 산안개로 바다를 이뤄
숲속을 헤매다가 갈 길을 잃었다

길도 아닌 험난한 산기슭을
한나절 오르고 내리더니
빗줄기와 마주쳐 무안한 기색이 역력했다
하늘까지 오르자니 멀기도 하고
땅으로 내리자니 발길이 떨어지지 않고
나무숲에 숨자니 숨을 곳이 없다

이제 어쩔 수 없이
빗줄기에 섞여 구름 속에 있다가
낮은 곳 목마른 곳에 내릴 것이다
저 숲에 듬뿍 내려와
차디찬 계곡물로 흘러가리라

위안(慰安)

그때 무엇을 해야 했고
지금은 그럴 것이다가
그때는 그럴 수 밖에라는 상상을 한다

아쉬움을 달래듯
뒤틀리는 현실이 내 마음을 짓누른다
지금 위안을 꿈꾸듯
그때와 지금의 현실이 내 어깨를 억누른다

그 상상 모두 차디찬 북풍과 함께
날려 보낸다
오늘의 행운과 젊음
내일의 행복과 기쁨을 위한

아침 햇볕을 반기며

하얗게 비친 그림자에
내 꿈이 서리고
꿈속에 버려진 그 마음을 모아
혹한의 미움을 씻어 본다

눈가에 그렁그렁 나부끼는
우리들 모습에
덧없이 흩어져버린 그 꿈을 모아
통한의 질감을 맞는다

나 또한 그랬듯이
아침 햇볕을 반기면서
내 삶의 잘못을 반성하고
다가올 나의 환희를 꿈꾼다

그리움의 편지

가을 편지는 황금 들판에 나와
가을 멜로디에 풍금 치는데
논두렁 밭두렁 허수아비가 춤춘다

가을 편지 써 바람에 실어 보낼 땐
사뿐인 꽃신 신고 나가 맞으니
앞마당 감나무 잎 붉게 물든다

뒷동산 단풍잎은 단술에 취한 듯
초가지붕엔 찬바람만 스치고 스쳐
쓸쓸함이 산봉우리에 박힌다

오늘도 꾸불꾸불 산길 따라
외로움과 쓸쓸한 마음 기득 담아
그리움과 함께 가을 편지 보낸다

지금의 삶

겨울이 오면 우리 마음을
한없이 쓸쓸하게 만든다
앙상한 나뭇가지에 바람이 소슬하고
나이가 들면 들수록 계절 따라
허무함이 많아져 그러하리라

먼 산만 쳐다봐도 눈물이 나고
하늘을 바라만 봐도 사색이 많아짐은
떠남이라는 애달픔일까
저뭄이라는 애잔함일까
숲속의 나무들도
하나둘 옷을 벗었고
끝내 잎사귀마저 떨어져 버렸으니

산다는 건 무엇이고
삶이란 또 어떤 것인가에 대해
생각이 깊어질 수밖에
자연의 이치가 어디 이것뿐이랴

젊었을 때는 영원히 젊은 줄 알고
사랑할 때는 영원히 머물 줄 알고
지나간 생의 뒤안길은
후회스러운 일이 한둘이 아닌데
참된 삶의 의미를
이 겨울에 새삼 가슴 깊이 새기노라
지금의 삶이 이렇다는 것을

나뭇잎이 떨어지면

한 잎이 덩그러니 나뭇가지에 매달려
처연한 겨울빛을 바라본다
이젠 분명히 겨울 속으로 이어지나보다
나뭇잎이 단풍으로 태어날 땐
가려졌던 그녀의 마음을 알게 된다

지난 나날들이 어느덧 지나
앙상한 숲속이 고단한 삶의 그늘이었고
봄날이 되어야만
그녀는 한결 반갑게 맞이하겠지

그래도 그녀는 겨우내 찬바람이
없는 곳에 머무를 것이다
언제나 그렇게 한 해가 저물었고
한해의 그림이 퇴색되어
쓸쓸한 겨울로 돌아오곤 한다

또 언제나
나뭇잎이 떨어진 빈자리엔 눈이 내려
쌓이곤 하였고
그동안 내가 퇴색된 것이 무엇인지
가끔은 보이기도 하였지
쓸쓸한 나뭇잎이 서쪽 하늘로 올라
아름다운 붉은 노을이 되면
그녀는 반가운 미소를 띤 밝은 표정으로
맞을 것이다.

내 삶

이제는 홀가분한 자리
모든 시름을 떠내고
다가올 삶의 의미를 찾도록 할까

그동안 아침마다 바삐 나와
온종일 종종거린 그 많은 발걸음
이제는 쉬어야지
바꿔야지 바뀌겠지

반겨주고 기쁘게 맞는 이 없어도
기다리고 기다리면서
아침마다 낯선 곳으로
발길을 옮기는 것일까

지난날의 삶에도
지금의 삶도
생소하고 다른 것이 분명하지만
이 또한 내 삶이 아니겠는가

봄은 아름다웠노라

뜨겁게 내리쬐던 태양이
열기를 식혀갈 무렵
넓게 펼쳐진 강 언저리에서
석양을 바라보며 나를 본다

사르르 내 곁을 스치는 바람에
하루의 피로를 날려 보내고
또르르 흐르는 이마에 땀방울은
차가운 바람결에 씻는다

세월이 익어가는 내 가슴에도
이렇게 시원한 바람이 불어오면
어느새 석양의 붉은 그림자가
내 얼굴에 황혼의 미련만 쌓인다

나 스스로 선택한 길이었지만
막상 흘러간 계절의 문턱에서
누구도 허전함을 숨길 수 있겠는가
우리 가슴 한구석에 남은
지난봄은 아름다웠노라

악몽(惡夢)

언젠가 허둥대고 멀어지는
일상에 얽매이는 억새
그래도 가끔 믿음을 심어보고
내 안에 머무는 시간이 짙어질 때면
꿈속에 다가오는 사람이 있더라

잡히지 않고 잡을 수도 없는
평생 찾을 수밖에 없는 사람을
나를 보고 다시 찾아야 하지만
어디에 짐을 지워주고 사라질 때면
또 눈에 띄어 허탈함이 있더라

하루도 거르지 않는 올가미들
내 등에 한동안 짐을 지우는 것에
밤마다 헤매게 하는 너의 뜻을
그대는 언제 무엇을 얻으려 할 때면
눈을 감고 가쁜 숨을 쉬더라

나 이 자리에 오면

어느 날
나 이 자리에 왔을 때
여행을 떠나는 꿈을 꾸었어요

나 스스로 방향을 잃어
컴컴한 동굴 속으로 달리면
내 마음은 조급해졌지요

이곳저곳 떠나면서
아무도 없는 곳에 있다면
물론 외롭고 쓸쓸하겠지요

만약 여행을 마치면
아쉬움과 미련 때문에
기꺼이 내릴 수 있을까요

그러나
당신이 옆에 있으니
외롭지 않은 여행이 되었지요

어느 날
나 이 자리에 다시 온다면
또 당신과 함께라면
다시금 여행을 떠나고 싶어요

겨울 길목에서

동지섣달
오늘은 유난히 해가 짧다
짧다는 것은 몹시 바쁘다는 것

차도를 건널 때도
골목길을 갈 때도
고속버스터미널에서도
누구나 발걸음이 빠르기만 하다

추위 때문에 빠른 것이 아니고
조급해진 시간 때문에 일게다
날이 추워 두꺼운 방한복에
털 잠바, 목도리까지 하였으니
더 바쁜 듯 보인다

우리는 움직일 수 있을 때까지
이렇게 바쁘게 살려고 태어났나 보다
바쁘지 않다는 것은
구름 한 점 없는 겨울 하늘이다
초가지붕 위에 내린 하얀 눈이다.

떠나는 길목

눈 뜨면 바쁘다
먹을 것 챙겨야지 운동하고
샤워해야지 옷가지 챙겨 입어야지
더군다나
두꺼운 철갑 옷까지 입어야 하지 않는가
이제 떠나는 길목에서
너도 나도 함께 길을 가려는데
손잡고 목발 짚고 또 휠체어 타고 가니
이 어려움을 마다하고 쉽게 가려 한들
어쩌면 더 힘겨울 것이리라

내가 처한 것만큼 기대며 살리라
이제는 더 빠른 길을 찾으려 한들
뛰어가려 한들
게으름 피우려 한들
비바람 피하려 한들
모두가 내 뜻이 아니려니
낮은 걸음으로 천천히 떠나려 합니다
십 년이든 백 년이 걸리든 상관없다
나 스스로 만족을 위해
이제 떠나련다 이 삶의 열정을 안고

등나무 밑에서

봄부터 자라나 한껏 폼내며
온통 하늘을 몽땅 덮었네
모든 것 끌어안고
한시름 덜어주려
오늘도 용기 낸 것일까
무소유 사람도 어찌 다 알리

즐거움보다 괴로움
환희보다 슬픔이 있는
그 많은 사연
어젯밤 잠 못 이룬 그 사연은
언제까지나 친구 만나
솔직히 모든 시름 고백할까

뻗고 끝없이 뻗어 넘치는데
그림자 되어
모든 시름 떨쳐 홀가분하리
한숨 돌려 하늘 쳐다보자
등나무 밑에서

화목난로를 피우다

오늘 낯선 집에 왔다
나를 좋아하는 이는 추위를
이기지 못하는 자이다

찬 바람 불면
여지없이 나를 찾는다
평소엔 관심도 없지만
추울 때는 내 옆에만 오면
좋아한다
이럴 때면 뜨겁게 불사르고
한밤중
타오르던 몸이 식어갈 때
어느새 고독한 추위에 떨었고
불씨가 환히 살아날 때는
따뜻한 마음이 된다

그러면
우리는 삶의 기력이 불길처럼
타오르기도 하고
삶의 그림자가 드리운다
길이 보이는 것은
또 다른 기쁨이 아닐까

여름은 나와 함께

산은 파란 물결을 만들어
사방으로 굽이쳐 흐르고
일렁이는 파도는 구름에 닿는다

뜨거운 햇볕이 그 위를 비출 때
임을 쫓던 딱따구리는
마구마구 나무등줄을 쪼아댄다

오래전에
빗물에 씻겨 앉은 묵묵한 바위는
세월의 애환이 뭉뚱그려져
불상으로 남았고
낮은 나상들의 염불 소리로 잇는다

높고 낮은 집들이
산 그늘에 씻겨 내려앉는다
여름을 싣고 가는 수레는
어느새 바람에 흔들리어
시련을 겪고 있는 걸까

여름은 지금 정녕
나와 함께 가고 있는 걸까

낙엽이 된다

나뭇잎 하나둘 땅에 떨어진다
조금 전 나뭇가지에 있었다
이별의 아픔보다
안도하던 눈초리와 함께 떨어진다
세상에서 힘들고 미워해야 하는
그 삶에서 벗어났기 때문일까

이제는 바람 부는 대로 구르다가
어느 한 곳에 머물면
몸을 불살라 떳떳한 몸짓으로
다시 태어날 수 있을까

나뭇잎은 떨켜를 통해 고통을
벗어난다는 것을 나는 알고
낙엽에서 나를 본다

고통을 벗어나기 위한 것임을
그 홀가분하고 텅 빈 마음에서
나는 낙엽이 되리라

떠나고 싶은 곳

가을 계곡물에 수없이 빠진 반달은
앙상해진 나뭇가지에
아스라이 걸린 낙엽처럼
어김없이 겨울은 오고 만다

얼마나 기다렸을까
겹겹이 걸친 옷을 입지 않고도
어설픈 하얀 입김에 털어버린 날

그대로 원래 모습대로
떨어져 버린 뒤 앙상한 몰골에다
속살까지 다 내어 주고
홀가분하게 떠나고 싶은 곳은
그저 내 고향뿐

맛집에 머물다

서릿발 돋은 비탈길에 내 몸을 뉘고
한 곳에 마음을 붙잡아 매는 일도

긴 장마에 둑이 무너져 좌절한다 해도
시시때때로 가슴 조이는 초라함이
내 눈과 귀에 사로잡혀 우왕좌왕한다면
어쩔 줄 몰라 헤매는 어리석음이 있다

내 곁에서 위안을 함께한다고 함은
따사롭게 행복한 옷깃을 여미는 일도

천진난만한 웃음을 자아낼 수 있다는 것이
시시때때로 깊은 슬픔에 젖음이
나를 둘러싼 인정이 곁에 남아 있으니
얼마나 다행이고 행운이던가

가슴 벅찬 환호성을 지른다 하여
나와 함께 환히 웃는 자들이 있으니
삶의 맛집에 머물게 함이 아니던가

5월이 왔습니다

신록과 함께
빨간 장미가 흐드러진
5월이 왔습니다

5월이 되면
왠지 행복해질 것 같습니다

내 가슴속에 잊었던
당신을 찾아
푸르던 5월의 향기가 나에게
또 다른 감정을 갖게 합니다

행복과 함께
푸른 잎들이 그늘이 되어
5월이 왔습니다

예쁘고 아름다웠던 당신이
내 곁에 있어 너무 행복합니다
나의 진정한 사랑을
5월에 듬뿍 주고 싶습니다

그때 그 자리에

언제쯤 왔던가 그때 그 자리에
그때 그 사람 다시 왔네
그 모든 것이 달라지고 풍요로워
낯설고 두려움이 앞서지만
그 사람 어디에 있을까
나 홀로 서 있네

추억은 주마등처럼 떠올라
옛사람 그리움만 쌓이는데
발길 돌리려 하였건만
그때 그 모습 눈가에 맺혀 맴돌아
숨소리 죽이고 기억을 더듬는다

그땐 어떤 모습이었지
어디에서 무엇을 했었는지
어떻게 달라지고 새로워졌는지
어디서 만날 수 있을까
이제 멀리 떠나 잊어야 하고
잊고 떠나야 하나
그때 그 자리에 나 홀로 서 있네

♣ 제5부 세월 따라 마음을 잇다 ♣

비둘기

산과 들에서 자유롭게 살다가
어언 일로 사람 옆에 왔는가
인간에게 수난을 겪을 때도 있지만
그래도 끝까지 가까이하고 있어
오늘도 너에게 정감을 느낀다
무슨 달콤한 말이나 꾐에 빠져
평생 사람에게 목이 멘 채
넓은 하늘 푸른 들을 버렸느냐

너는 평화의 상징
자유를 이끄는 새
인간이 자신에 버린 오물과 쓰레기로
어지럽힌 것들을 정화하여
너처럼 아름다움과 자유의 상징을 이룬다
너로 인해 우리는 또한
자유와 평화의 소중함을 깨우친다.

마지막 행복

저기 강원도 고성 땅
나지막한 전원주택

앞뜰에 노부부가 마주하며
통나무 기둥에 기대어 하늘을 본다
그들의 새 둥지가 여기에 펼쳐지고
하늘로 연 계단 천천히 밟고 올라가니
쏟아지는 봄 햇살이 바람에 이끌려 내려온다

부부가 짝이 되어 살던 도회지를 떠나
살아온 끝에 이곳에 주소 얻으니
주변에서도 부러워하는 마지막 행복이
봄에 피는 꽃보다 더 아름답게 피는구나

봄 편지

편지 한 통 배달 왔어요
앞뜰 봄바람이 불어온 뒤
백지로 도착했어요
누가 보냈는지 누구한테 왔는지
알 수 없이 받은 편지네요

까치 두 마리 이쪽저쪽 분주하게
깍깍
지껄인 뒤에 도착한 것을 알았어요

개나리 꽃망울 노란 병아리
비틀비틀
깨어난 뒤에 도착한 것을 알았어요

백 목련 꽃망울 가지 끝 마디마디
조롱조롱
매달린 뒤에 도착한 것을 알았어요
봄 편지는 어디서 왔을까?

아름다움(美)

본다 듣는다
넘실대는 기쁨
쾌락을 주는 너 자신은
균형, 절도, 조화를 가꾼다

완전한 조화로 보이는 눈이 거기에
감춰지고 형상의 빛남을 알아내며
나를 보고 맛도 희열이 안길 때
비로소 보인다

그는 신의 빛이었고
그 빛을 받아서 완전한 형태로
앞에 서는 것
그가 원래 진, 선, 미로 함께 어울려
우리네 자리 잡은 최고의 것

그는 진이나 선과 끊기면
악과 함께 깊은 늪에 빠지는 걸까

우리에게도 봄은 온다

사랑하는 뱃길에
바람 불고 파도치는 날이
어디 한두 번이겠는가

사랑하는 그대여
어디 달콤한 사랑만 있겠는가

바람 불어 파도치는 날은
물결에 순응하듯
잠시 걸음을 멈추는 것이 어떻는지

추운 겨울 지나고 꽃피는 날이면
우리에게도 봄은 오리라

한강 철교를 건너

성에 낀 창가 너머에
강물에 비친 불빛이
나를 향해 손을 흔들고
강 위에 걸친 내 그림자에 춤춘다

고향 떠난 설렘 간직하고
달리던 기차는 내게 기대어
수 없이 오갔던 차디찬 철길을
오늘도 외롭게 강을 건넌다

작별을 고하고 떠나 왔는데
아직도 미련이 가시지 않고
님의 체취가 옷깃에 남았다
희미한 불빛 아래 비친 그림자는
강물 속으로 폭포수처럼 쏟아진다

한강 건너 빽빽한 아파트 숲속엔
고달픈 일상의 신음뿐
고향의 정감은 아직도 식지 않으니
달려 온 길을 다시금 떠나볼까

내가 맞는 새벽은

밤새 차디찬 몸을 이끌며
하늘에서 빛을 모은다
꿈속 겨울밤은 따뜻한 바람이 되어
나는 새벽 종소리에 깬다

그 종소리는 새벽이 지나면
뿌연 안개에 막힌 가슴 한구석에
자리 잡은 한 줄기 빛으로 남아
내가 맞는 새벽을 만든다

하얀 초원은 아직 어둠이 남아 있는데
밤새 고요가 발걸음을 멈추게 하여
머지않아 새벽과 함께 그 임 오시려나

어디서든 우리가 잠들더라도
너는 내 하루의 시작에 불을 지피고
내 꿈의 빗장을 열고 들어서니
내가 맞는 새벽은 언제나 새롭다

봄꽃(春花) 편지

난 그대만 보면
가슴이 뛰고 황홀하다

활짝 웃으며 나를 반기고
형형색색 모습으로 나에게 안겨주니
어찌 너를 좋아하지 않으리
또 사랑하지 않으리

봄이 오면 어김없이 예쁜 얼굴 보이고
찡그리지 않고 웃는 그대는
나 혼자만 좋아할 일이 아닌걸

이 봄날 내 곁에 있어
그대는 내가 좋아하는 천사가 되어
어둡고 외로운 내 마음을 어루만지는
애인이었네

하루의 지루함에 웃음을 가득 주고
계절의 허무함을 달래주니
내 진정한 기쁨이 되어
지난날과 변함없이 내 곁에 왔으니
이 즐거움 무어라 얘기할까

그대의 만개는 내 기쁨이고
내가 함께하여야 할 사랑이니
내 생에 넘치는 활력이 되리라

제목 : 봄꽃(春花) 편지
시낭송 : 박영애
스마트폰으로 QR 코드를 스캔하면
시낭송을 감상할 수 있습니다.

126

환 희(歡喜)

나 이곳에 와 너를 만나
생각이 믿음과 즐거움으로
한결같이 너와 함께 있으니
어찌 좋지 않으리

서로 정이 마음에 이어져
행복의 기쁨을 만끽함으로
한결같이 너와 함께 있으니
어찌 좋지 않으리

슬픔보다 기쁨으로
이별보다 만남으로
싫증보다 반가움이 가득하여
진정한 사랑 주고받으리

오늘이 지나 내일이 되어도
환희의 불꽃은 이어지며
불행과 슬픔을 떨쳐버리고
기쁨과 행운만이 있으리

봄에 피는 꽃

지난 시간 움츠러든 어깨
수줍었던 고갯짓
온열과 따스한 봄볕이 반가워
살포시 실눈 뜨고
껍질 벗어 세상 구경 나섰네

풋내음 슬며시 맡으며
꽃향기 내뿜는 이 아침
노란 꽃잎마다 서성이며
붉은 입술 수줍어 다무는데
그 언저리 소복이 피어나네

울긋불긋 화려한 색깔로
옷 갈아입고 나들이 채비하여
누구랑 봄 길 따라 걸으려고
저 언덕에 용감하게 다 가겠는가

내 몫이 어디까지인지도
내 안에 예쁜 사랑 꽃피어도
또다시 봄은 오는데
외로운 이 마음 어디에 머물러
차가운 밤 지새워 잠 못 이룰까

조팝꽃 피는 아침

새벽 밤하늘 은하수는
흰 이슬로 가지에 촘촘히 매달리어
바람 따라 사뿐히 길가에
내려왔네요

봄바람에 쏟아질까 두렵고
비바람에 날릴까 조바심하는데
갈래머리 머리핀 꽂은 소녀는
방긋 웃네요

아침 이슬로 눈썹 붙이고
너를 맞아 포근히 구름에 안기니
애달프고 가슴 설렌 사랑 고백은
언제 하나요.

몽마르뜨 공원에 올라

한강 남쪽 낮은 산등선 줄기
바람 부는 서리풀 숲 따라
몽마르뜨는 오늘도 맑은 햇살 머금는다

숲길에 얽힌 지난 시간 속에
청계 품에 잠든 관악을 붙잡아
끈질긴 생명을 이어 왔으니
버릴 수 없는 고귀한 터전이 아니던가

가을이 물든 아침 공원에 올라
저마다 기운을 듬뿍 채우고
창공에 거꾸로 눈을 담으니
어느새 새하얀 목화꽃이 줄지어 피었다

꽃송이는 잔잔한 들판에 피어 뭉글뭉글
한가로운 바람결에 파도처럼
내가 멎은 자리에 시와 함께 머문다

햇볕이 떠날 즈음 찬바람 스며
따사한 이불속에 누우면
그 시절 몽마르뜨 언덕 비탈길에서
쓸쓸함만 지닌 채 서성거릴 뿐이다

삶 속의 형용사

너무 지루하다
시간은 너무 빨라
화살 같고 유수 같다고 했건만
너무 느린 물줄기 같은데
힘겨운 세파에 시달리고 지치니
지루함이 더하다

어떤 것을 하든 재미있고
누구와 함께 즐거움을 느껴야만
또다시 하고 싶은 것 아닌가
해가 갈수록 조급해져
쫓기는 듯 허둥댄다
하루가 지난 뒤 후회되는 일
반복되었고
얼마나 많은 허송세월이었던가

내 몫을 스스로 챙기고
시간의 어깨에 매달려 간다면
빠름과 느림을 잘 조화롭게
삶의 멋을 한뜸 엮어
내 생에서 한자리에 있음에
떳떳하지 않겠는가

눈꽃 핀 계방산

넉넉한 평창에 우뚝 솟은 산
강원 땅 입구를 꿋꿋이 지키고
색동옷 벗으니 찬바람 몰려와
하얀 옷 갈아입은 지 얼마인가

눈꽃 핀 가지마다 봄빛 머금고
산등선 넘나드는 겹겹 골짜기에
장성한 산 멀리 백두에 둘러선
설악의 기운이 이곳까지 뻗쳤네

천년의 기억에 주목의 용맹은
앞에 늠름한 기운이 솟아나고
건너 오대산은 아직도 옛 얘기에
아직도 꿈속에 머물러 있었네

그 많은 이야기는 골짜기에 묻고
어둠을 헤어난 하얀 눈꽃 따라
이젠 여기를 기꺼이 떠나야 하네

고향에 남은 빈터

하얀 입김이 허공에 날고 찬 바람이
움츠릴 때면 아슬아슬하게 나뭇가지 끝으로
고향 빈터가 걸려 있다

어릴 때 잊혀버렸건만 설렘이 남더니
이제 마른 서릿발도 짓밟힌 채 그 시절을 잊었구나

아직 새겨진 옛 발자취는 그리움으로
나지막한 고향 빈터에 남겨져
짙은 향기로 산길 따라 굽이쳐 흐른다

고향에 남은 빈손은 차가워도
그 시절 마음만은 뜨거울 것이다
평생 내 가슴에 박혀 고향 빛으로 남을 테지

한 해가 가고 오는 시절 빛이 되어 새겨진
무지개 꿈은 아직도 그곳에 남아 있다

제목 : 고향에 남은 빈터
시낭송 : 박순애

스마트폰으로 QR 코드를 스캔하면
시낭송을 감상할 수 있습니다.

대흑산도에서

서해에 피어오른 봄볕 안개에
파란 하늘도 내 앞의 장관인데
겹겹이 쌓여 엉킨 바위 위 철새는
물결 일렁인 바다에 날아오른다

나 홀로 해안 길 따라 기대어
스스로 평안한 자연 품에서
지난 일의 추억을 떠오르며
아쉬움을 바닷속 깊이 보낸다

힘겹게 길을 떠나 견뎌낸 날들
그래도 생각나 찾아든 흑산군도
그 많은 섬을 몽땅 바다에 비춰
내 몸 말끔히 비울 수 있을까

고달픈 시절 지나 햇살은 내려
수평선과 우뚝한 산등선을 떠나
마지막 남긴 바위틈에 버틴 자
그 나무들만 나를 기억하겠지

여객선 물보라는 이 바다에서
나의 허물을 덮어 버릴 수 있을까
서해 끝에 외롭게 남은 흑산군도
내 곁에 영원히 남아 있을까

시(詩)는 그림자 2

시(詩)는 일상
보고 느끼고 듣고 맛볼 수 있는 사물의 그림자인데
햇살이 비쳐야 나타나는 것
비 온 후 하늘에 그려진 무지개처럼
순수하고 꾸밈없는 빛과 그림자
진실의 그림자다

시(詩)는 항상
이미지 은유 상징 신화로 태어난 후 형상화된 변화로
음악성이 갖추어진 시어를 찾아
아름다운 꽃에서 뿜어나온 향기처럼
온화하고 드라마틱한 빛과 그림자
진실의 그림자다

시(詩)는 분명
다양하고 뚜렷한 총체적 진실이며
함축된 표현으로 표출된 순박한 마음으로 나타난다.
또 감정적 진실에 순수성의 솔직한 멜로디라 할 것이다

독도를 보라

여느 세월에 몸부림으로
나그네처럼 불안했던 너였지만
바다가 삼키지 못했던 것을
지나간 시간과 공간에 묻히어
동해 한복판에 내동댕이쳤으니
외로운 섬이 되었구나

독도 바위섬
해안선 따라 자리 잡은 갈매기도
시끌벅적 떼 지어 날고 또 나는데
한 뼘만큼 자란 석양의 그림자는
내 손에 잡힐 듯 너의 자태 선명하다

발길은 멀고 손길은 가까운데
한밤 짙게 묻은 아쉬움을 달래지만
대한 품에서 편한 잠을 잘 수 없는
가련한 독도여
독도는 우리 땅
너 찾아 반기는 자는 눈 부릅뜨고
지키려니 오늘도 파도 소리 벗 삼아
깊은 잠 들자꾸나

백도(白島)에 마음을 잇다

남쪽 다도해 여기저기 흩어진 섬
세월의 뒤안길로 흔적을 접어
내동댕이친 듯한 가련한 모습인데
밤사이 씻어낸 말끔한 차림이 어우러져
한 그루 노송처럼 아련히 비친 마음이던가

절벽마다 힘겹게 버티고 있어
요동 없이 서로를 업어 안아주며
흰 바위섬들이 옹기종기 모여
수많은 세월에 닳았으련만
중생의 묵언으로 암시하니
뿌듯하고 풍성해진 내 안에 가득 찼던가

사방에 밀려오는 파도에
도도하게 흐르는 묵묵한 자태만은
인간의 한계를 넘어 도전하는 듯
보고 또다시 느끼는 애달픈 사연을
외로운 백도에 깊숙이 새기고
네 곁에서 홀연히 사랑하는 마음을 잇는가
내 마음 이을 곳 여기뿐인가 한다.

아름다운 삶을 위한 기도

나 이 세상에 태어남에 선택되어
지혜와 주변의 보살핌이 있었기에
감사드리고
모든 것을 보고 느끼고 배우면서
너그러운 배려와 사랑이 있었음에
또한 감사합니다

오늘도 아침이 되면 기분이 상쾌하도록
정신을 맑게 하여 주시고
온종일 내 곁에 계신 이웃과의 행복을
함께 나누게 하소서

내일도 온 천지에 진실의 향기가 배도록
웃음이 꽃처럼 피어주시고
서로서로 즐거운 대화와 아름다운 정을
함께 나누게 하소서

모레도 나 자신 마음 깊이 평안하도록
가족의 행운과 화목을 주시고
칭찬과 보살핌으로 활기찬 삶의 의미를
함께 누리게 하소서

제목 : 아름다운 삶을 위한 기도
시낭송 : 박영애
스마트폰으로 QR 코드를 스캔하면
시낭송을 감상할 수 있습니다.

희로애락(喜怒哀樂)

아침 바다에서
파도 따라 바람 따라 가볍게 떠나
기쁨 접고 노여움 접고 생각을 버리면
둥글거나 모나거나 똑같다

저녁 바다에서
어둠 따라 별빛 따라 수평선 넘어
슬픔 접고 즐거움 접고 머릿속 비우면
작다거나 크다거나 꼭맞다

희로애락(喜怒哀樂)은
작고 크고
둥글고 모남이 아니라
우리 삶에서 똑같고 꼭 맞는 것이라

체념(諦念)

멀리 떠나버린 그 임
짝 잃은 부엉이 신센데
정령 이렇게 잊으려 애써야 하나

그 많은 고독함과 밤새워 지샌 시간
메마른 대지에 남은 것 없어
모두가 아직도 미완성인데
또다시 기꺼이 마중을 할 수 있을까

사람들과의 인연 속에 얽힌 사연
아직도 눈 아래 아른거리고
재미가 있고 함께했던 시간
언제쯤 다시 웃을 수 있을까

그리움보다 더 큰 것은 외로움과 미련
다가섰다가 다가서지 못했던 일
다시 할 수 없는 그 많은 일들
이제는 지난 모든 것을 잊어야지

회고(回顧)

어느 날
바람이 불어오길래
이별인가 했더니 외로움이더라

어느 날
꽃잎이 떨어지길래
슬픔인가 했더니 세월이더라

어느 날
추억에 얽힌 그리움이길래
고독인가 했더니 눈물이더라

어느 날
세월에 묻어 상처이길래
아픔인가 했더니 주름이더라.

섭리(攝理)

나는 매일매일 그림을 그린다
한시도 쉬지 않고 밤낮없이 계속되는데
누구 하나 잘 그렸다고 칭찬이 인색하다

햇볕이 비칠 땐 파란 물감으로
구름이 낄 때는 회색 물감으로
눈이 내릴 땐 흰 물감으로 그린다

해가 질 무렵 나타나는 그 짜릿한 색감은
붉은색으로 내 가슴에 전율이 흐르고
빗줄기가 줄기차게 내 몸에 내리면서
바람이 불면 붓 놀림이 바빠진다

어둠이 다가와 별빛이 화선지 위에
유난히 반짝일 때는
내 눈빛에서 내일을 노래하며
그 순간순간마다 그곳에 머물러 잠이 든다

너도, 나도 그림을 좋아하지만
제대로 보지 못하여 그 의미도 알지 못한다
난 어디에 머무르고 있으며
진정 어떤 그림을 그리는지 모르는 것일까
넋을 잃고 엉뚱한 생각을
하고 있지나 않을까

제목 : 섭리(攝理)
시낭송 : 박태임
스마트폰으로 QR 코드를 스캔하면
시낭송을 감상할 수 있습니다.

내 마음

해 지는 저녁이 되면
내 떠난 고향에 오고
어둠이 짙어지면
내 곁에 그리움 더해
한낮이 머물기를 바라네

인생도 마찬가지

머리끝이 희어지면
내 삶의 주름이 오고
기력이 쇠락하면
내 가슴 허전함 더해
청춘이 머물기를 바라네

손길로 빚어
마음에 심다

윤무중 제2시집

2020년 6월 1일 초판 1쇄
2020년 6월 5일 발행
지 은 이 : 윤무중
펴 낸 이 : 김락호
디자인 편집 : 이은희
기 획 : 시사랑음악사랑
연 락 처 : 1899-1341
홈페이지 주소 : www.poemmusic.net
E-Mail : poemarts@hanmail.net

정가 : 10,000원
ISBN : 979-11-6284-210-2